Diogenes Taschenbuch 23498

GEORGE ORWELL, eigtl. Eric Arthur Blair, wurde 1903 in Bengalen, Nordostindien, geboren. In England besuchte er als armer Stipendiat eine Eliteschule. Seinen Dienst in Burma kündigte er nach fünf Jahren aus Protest gegen die britischen Kolonialmethoden. Er gesellte sich als Tellerwäscher, Hilfslehrer, Hopfenpflücker und als Buch- und Gemischtwarenhändler zum Proletariat, dessen Leben er in Reportagen und Büchern beschrieb. Zur entscheidenden Erfahrung wurde sein Engagement in der kommunistischen Miliz im Spanischen Bürgerkrieg, in dem er schwer verwundet wurde. Danach arbeitete er als Redakteur in London, das Ende des Zweiten Weltkriegs erlebte er als Korrespondent in Deutschland und Frankreich. George Orwell starb 1950 in London.

Denken mit George Orwell

Ein Wegweiser in die Zukunft

Ausgewählt von Fritz Senn und Christian Strich

Aus dem Englischen von Felix Gasbarra und Tina Richter

Diogenes

Eine ähnliche Auswahl von Gedanken erschien erstmals 1982
unter demselben Titel in der Reihe ›Kleine Evergreens‹
im Diogenes Verlag, eine erweiterte Ausgabe
kam 1991 unter dem Titel ›Gerechtigkeit und Freiheit‹
als Diogenes Taschenbuch heraus
Die Auswahl wurde für das ›Kleine Diogenes Taschenbuch‹ 2003
(›Denken mit Orwell. Ein Wegweiser in die Zukunft‹)
noch einmal revidiert

Quellenhinweise am Schluß des Bandes
Covermotiv: Foto von Keystone

Veröffentlicht als Diogenes Taschenbuch, 2005

info@diogenes.ch · www.diogenes.ch
In Fragen zur Produktsicherheit (GPSR):
truepages UG (haftungsbeschränkt)
Westermühlstraße 29, 80469 München
info@truepages.de
ASR/19/852/3
ISBN 978 3 257 23498 5

Abstinenz

In den Augen der Abstinenzler und Vegetarier besteht das einzige vernünftige Ziel darin, Schmerz zu vermeiden und so lange wie möglich am Leben zu bleiben. Wenn man es unterläßt, Alkohol zu trinken oder Fleisch oder was auch immer zu essen, darf man damit rechnen, fünf Jahre länger zu leben, während, wenn man sich überfrißt oder übertrinkt, man dafür mit akuten physischen Schmerzen am folgenden Tag bezahlen muß. Zweifellos folgt doch hieraus, daß alle Ausschweifungen, selbst ein einmal im Jahr stattfindender Ausbruch wie Weihnachten, selbstverständlich vermieden werden sollten?

Eigentlich folgt das überhaupt nicht daraus. Man mag in voller Kenntnis dessen, was man tut, beschließen, daß ein gelegentliches Vergnügen den Schaden wert ist, den es der Leber zufügt. Denn Gesundheit ist nicht alles, worauf es ankommt: Freundschaft, Gastlichkeit und die gehobene Stimmung und die veränderte Auffassung, die man durch das Essen und Trinken in guter Gesellschaft erhält, sind auch wertvoll. Ich bezweifle, ob, alles in allem genommen, sogar totale Trunkenheit wirklich schadet, sofern sie selten ist – sagen wir zweimal im Jahr. Das ganze Erlebnis, mitsamt der anschließenden Reue, bewirkt eine Art Bruch in der eigenen geistigen Routine, vergleichbar mit einem Wochenende in einem fremden Land, was wahrscheinlich förderlich ist.

Zu allen Zeiten haben die Menschen dies wahrgenommen. Es herrscht allgemeine Übereinstimmung, bis zurück zu den Tagen vor dem Alphabet, daß gewohnheitsmäßige Sauferei zwar schlecht, Geselligkeit jedoch gut ist, auch wenn man es manchmal am nächsten Morgen bereut. Wie viele Bücher gibt es doch über das Essen und Trinken, und wie wenig Lohnenswertes ist auf der Gegenseite gesagt worden! Aus dem Stegreif fällt mir kein einziges Gedicht zum Lob des Wassers, d. h. des Wassers als Getränk, ein. Es ist schwierig, sich vorzustellen, was man darüber sagen könnte. Es stillt den Durst: das ist das Ende vom Lied. Was hingegen Gedichte zum Lob des Weines betrifft, so würden sogar die überlieferten ein ganzes Bücherregal füllen.

Auch die Literatur über Essen ist umfangreich, jedoch hauptsächlich in Prosa. Aber bei allen

Schriftstellern, die Gefallen daran fanden, Essen zu beschreiben, von Rabelais bis Dickens und von Petronius bis zu Frau Beeton, kann ich mich an keinen einzigen Passus erinnern, der diätetische Erwägungen an erste Stelle setzt. Immer wird Essen als Selbstzweck empfunden. Niemand hat denkwürdige Prosa über Vitamine oder die Gefahren eines Proteinüberschusses oder darüber geschrieben, wie wichtig es ist, alles zweiunddreißigmal zu kauen. 1946 (L 258–9)

Antisemitismus

Ich habe keine unumstößliche Theorie über die Anfänge des Antisemitismus. Die zwei üblichen Erklärungen, nämlich einerseits daß er auf wirtschaftliche Ursachen zurückzuführen ist oder andererseits daß er ein Vermächtnis vom Mittelalter ist, erscheinen unbefriedigend, obwohl ich gestehe, daß sich mit ihrer Verbindung die Tatsachen decken ließen. Alles, was ich mit fester Überzeugung sagen würde, ist, daß der Antisemitismus zum größeren Problem des Nationalismus gehört, das noch nicht ernsthaft untersucht worden ist, und daß der Jude offensichtlich als Sündenbock herhalten muß, obwohl wir noch nicht wissen, *wofür.*

Um irgendein Thema wissenschaftlich zu untersuchen, braucht man eine unvoreingenommene Einstellung, was offensichtlich schwieriger ist, wenn die eigenen Interessen oder Empfindungen beteiligt sind. Eine Menge Leute, die durchaus imstande sind, in bezug etwa auf Seeigel oder die Quadratwurzel von 2 objektiv zu sein, werden schizophren, wenn sie an die Quellen ihres eigenen Einkommens denken müssen. Was beinahe alles ungültig macht, was über den Antisemitismus geschrieben wird, ist die Annahme im Geiste des Schriftstellers, daß er *selbst* immun dagegen sei. »Da ich weiß, daß der Antisemitismus irrational ist«, schließt er, »ergibt sich daraus, daß ich ihn nicht teile.« Er unterläßt es also, seine Untersuchung an dem einen Ort zu beginnen, wo er zuverlässige Anhaltspunkte in die Hand bekommen könnte – in seinem eigenen Kopf.

Der modernen Zivilisation fehlt etwas, irgendein psychologisches Vitamin, und folglich unterliegen wir alle mehr oder weniger diesem Irrsinn, zu glauben, daß ganze Rassen oder Nationen auf mysteriöse Weise gut oder auf mysteriöse Weise schlecht sind. Ich möchte den modernen Intellektuellen sehen, der genau und ehrlich seine Seele erforscht, ohne auf nationalistische Treue- und Haßgefühle zu stoßen. Es ist die Tatsache, daß er die emotionale Zugkraft solcher Dinge spüren und sie dennoch nüchtern als das sehen kann, was sie sind, die ihm den Status eines Intellektuellen verleiht. Man wird daher einsehen, daß der Ausgangspunkt für jede Erforschung des Antisemitismus nicht sein sollte: »Warum spricht dieser offensichtlich irrationale Glaube andere Leute an?«, sondern: »Warum spricht der Antisemitismus *mich* an? Was ist es an ihm, das ich als wahr empfinde?« Wenn man diese Frage stellt, entdeckt man zumindest seine eigenen Rationalisierungen, und es kann dann möglich sein, herauszufinden, was unter ihnen liegt. Der Antisemitismus sollte erforscht werden – und ich meine damit nicht von Antisemiten, sondern auf jeden Fall von Leuten, die wissen, daß sie nicht immun gegen ein solches Gefühl sind. Sobald Hitler verschwunden ist, wird eine wirkliche Erforschung dieses Themas möglich sein, und es wäre wahrscheinlich am besten, nicht damit zu beginnen, den Antisemitismus zu entlarven, sondern alle Rechtfertigungen, die man für ihn finden kann, in seiner eigenen Seele oder in einer anderen zusammenstellen. Auf diese Weise könnte man vielleicht einige Anhaltspunkte gewinnen, die zu seinen psychologischen Wurzeln führen würden. Aber daß der Antisemitismus endgültig *geheilt* werden wird, ohne daß die größere Erkrankung des Nationalismus geheilt würde, glaube ich nicht.

1945 (L 230–32)

Arbeit

Was ist Arbeit und was ist keine Arbeit? Ist es Arbeit, zu graben, zu zimmern, Bäume zu pflanzen, Bäume zu fällen, zu reiten, zu fischen, zu jagen, Hühner zu füttern, Klavier zu spielen, zu fotografieren, ein Haus zu bauen, zu kochen, zu nähen, Hüte zu schmücken, Motorräder zu flicken? Alle diese Dinge gelten als Arbeit für den einen, und alle gelten als Spiel für den anderen. Tatsächlich gibt es sehr wenig Tätigkeiten, die nicht entweder als Arbeit oder als Spiel klassiert werden können, je nachdem, wie man sie betrachtet. Der vom Graben befreite Arbeiter möchte vielleicht seine Freizeit, oder einen Teil davon, mit Klavierspielen verbringen, während der Berufspianist unter Umständen nur allzu froh ist, an die frische Luft zu kommen und im Kartoffelbeet zu graben. Daher ist die Antithese zwischen Arbeit, als etwas unerträglich Langweiligem, und Nicht-Arbeit, als etwas Wünschenswertem, falsch. In Wahrheit verhält es sich so, daß der Mensch, wenn er nicht gerade ißt, trinkt, schläft, mit jemandem ins Bett geht oder sich unterhält, Spiele spielt oder einfach herumlungert – und diese Dinge können nun einmal kein Leben füllen –, die Arbeit braucht und sie gewöhnlich sucht, obwohl er sie vielleicht nicht unbedingt Arbeit nennt. Über dem Niveau eines Schwachsinnigen dritten oder vierten Grades besteht das Leben größtenteils aus Anstrengung. Denn der Mensch ist nicht, wie die vulgäreren Hedonisten zu vermuten scheinen, eine Art wandelnder Magen; er hat auch eine Hand, ein Auge und ein Gehirn. Hört auf, mit euren Händen zu arbeiten, und schon habt ihr ein riesiges Stück von Eurem Bewußtsein abgehackt. Und nun denken Sie noch einmal an jenes halbe Dutzend Männer, die den Graben für das Wasserrohr ausgehoben haben. Eine Maschine hat sie vom Graben befreit, und jetzt werden sie sich mit etwas anderem vergnügen – Zimmerei, zum Beispiel. Aber was immer sie auch tun wollen, sie werden feststellen müssen, daß eine andere Maschine sie *davon* befreit hat. Denn in einer vollständig technisierten Welt wäre es ebensowenig nötig, zu zimmern, zu kochen, Motorräder zu flicken usw., wie es nötig wäre zu graben. Es gibt praktisch nichts, vom Walfang bis zum Kirschkernschnitzen, das nicht theoretisch von einer Maschine gemacht werden könnte. Die Maschine würde sogar auf Tätigkeiten übergreifen, die wir heute als »Kunst« einstufen; sie tut es bereits, via Kamera und Radio. Technisiert die Welt so vollkommen, wie sie nur technisiert werden könnte, und es wird, wohin ihr euch auch wendet, eine Maschine geben, die euch die Möglichkeit versperrt zu arbeiten – das heißt zu leben. 1937 (KL, 45)

Armut

Die Geschichte von der moralischen Überlegenheit der Armen ist eine der verhängnisvollsten Formen des Eskapismus, die die herrschende Klasse entwickelt hat. Du magst zwar unterdrückt sein und beschwindelt werden, doch in den Augen Gottes bist du deinen Unterdrückern überlegen, und durch Filme und Zeitschriften kannst du ein Phantasie-Dasein genießen, in dem du über die Leute triumphierst, die dich im wirklichen Leben unten halten. In jeder Form von Kunst, die eine große Zahl von Leuten ansprechen soll, ist es beinahe noch nie dagewesen, daß ein Reicher einen Armen aussticht. Der Reiche ist gewöhnlich »böse«, und seine Machenschaften werden beständig vereitelt. »Guter armer Mann besiegt bösen reichen Mann« ist eine allgemein anerkannte Formel, während wir, wenn es umgekehrt wäre, das Gefühl hätten, daß etwas nicht stimmt. Dies ist ebenso auffallend in Filmen wie in billigen Zeitschriften und vielleicht am auffallendsten in den alten Stummfilmen, die von Land zu Land reisten und ein sehr gemischtes Publikum ansprechen mußten. Die große Mehrheit der Leute, die einen Film sehen, sind arm, und also ist es lohnend, einen Armen zum Helden zu machen. Filmmagnaten, Pressekönige und dergleichen häufen ziemlich viel von ihrem Reichtum an, indem sie den Reichtum als sündhaft hinstellen.

Die Formel »guter armer Mann besiegt bösen reichen Mann« ist einfach eine subtilere Version von der »Seligkeit im Himmel«. Sie ist eine Sublimierung des Klassenkampfes. Solange man von sich selbst als einem »starken, tüchtigen Garagisten« träumen kann, der einem reichen Gauner einen Kinnhaken versetzt, braucht man sich um die wirklichen Fakten nicht zu kümmern. Das ist ein geschickterer Trick als die Reichtums-Phantasie.

1944 (L 269)

Autobiographie

Autobiographien sind nur glaubwürdig, wenn sie etwas Unschönes zugeben. Jemand, der über sein Leben nur Gutes zu sagen weiß, lügt in den meisten Fällen, weil jedes Leben von innen her gesehen nichts weiter als eine Kette von Niederlagen ist.

1944 (R 39)

Bücher

Bücher über gewöhnliche Menschen, die sich auf gewöhnliche Weise verhalten, sind äußerst selten, weil sie nur von jemand geschrieben werden können, der fähig ist, den gewöhnlichen Menschen sowohl von außen wie von innen zu sehen; aber das schließt das Eingeständnis ein, selber zu neun Zehnteln gewöhnlich zu sein, und genau das will kein Intellektueller je sein. 1936 (CE I, 231)

Offenbar ist ein Dichter mehr als ein Denker und Lehrer, obwohl er dies auch sein muß. Jedes Stück Geschriebenes hat seine propagandistische Seite, und doch braucht es in jedem Buch oder Stück oder Gedicht oder was immer, das überdauern will, einen Bodensatz von etwas, dem Moral oder Inhalt nichts anhaben können – einen Bodensatz von dem, was wir Kunst nennen. Innerhalb großer Grenzen können schlechte Gedanken und schlechte Moral gute Literatur sein. Wenn ein so großer Mann wie Tolstoi das Gegenteil nicht aufzeigen konnte, dann glaube ich kaum, daß es einem andern je gelingen wird. 1941 (L 321–2)

Das Erste, was wir von einem Schriftsteller verlangen, ist, daß er keine Lügen erzählen soll, daß er sagt, was er wirklich denkt, was er wirklich fühlt. Das Schlimmste, was wir von einem Kunstwerk sagen können, ist, daß es unaufrichtig ist. Und dies gilt sogar noch mehr für die Kritik als für die kreative Literatur, bei der ein gewisses Maß an Affektiertheit und Manierismus und sogar ein gewisses Maß an völligem Humbug keine Rolle spielt, solange der Schriftsteller von Grund auf ehrlich ist. Die moderne Literatur ist im wesentlichen eine individuelle Angelegenheit. Sie ist entweder der wahrhaftige Ausdruck dessen, was ein Mensch denkt und fühlt, oder sie ist gar nichts.

1941 (L 292–3)

Fleiß

Es ist jetzt (1949) 16 Jahre her, seit mein erstes Buch veröffentlicht wurde, & ungefähr 21, seit ich anfing, Artikel in Zeitschriften zu veröffentlichen. Während dieser ganzen Zeit hat es buchstäblich keinen Tag gegeben, an dem ich nicht gefühlt hätte, daß ich herumtrödelte, ich mit der laufenden Arbeit im Rückstand war & daß mein gesamter Arbeitsertrag jämmerlich klein war. Selbst zu jenen Zeiten, da ich 10 Stunden pro Tag an einem Buch arbeitete oder 4 bis 5 Artikel in der Woche herausbrachte, bin ich nie fähig gewesen, von diesem neurotischen Gefühl loszukommen, daß ich meine Zeit vergeudete. Ich kann niemals das Gefühl, etwas geleistet zu haben, aus der Arbeit, die momentan im Werden begriffen ist, herausholen, weil sie immer langsamer vorangeht, als ich es will, & ich habe sowieso das Gefühl, daß ein Buch oder sogar ein Artikel erst dann existieren, wenn sie abgeschlossen sind. Aber sobald ein Buch abgeschlossen ist, beginne ich, sogar schon vom nächsten Tag an, mir Gedanken zu machen, weil das nächste noch nicht angefangen ist, & werde von der Angst verfolgt, daß es nie ein nächstes geben wird – daß meine Triebkraft für immer & ewig erschöpft ist. Wenn ich zurückblicke & die eigentliche Menge, die ich geschrieben habe, zusammenzähle, sehe ich, daß mein Arbeitsertrag beachtlich gewesen ist: aber dies beruhigt mich nicht, weil es mir lediglich das Gefühl gibt, daß ich früher einmal Fleiß & eine Produktivität hatte, die ich jetzt verloren habe. 1949 (L 36)

Freiheit

Wo kein Platz mehr für spontane Ideen ist, wird literarisches Schaffen zur Unmöglichkeit, ja die Sprache selbst verdorrt. Einmal, in Zukunft, wenn der menschliche Geist zu etwas völlig anderem geworden ist, als wir bisher darunter verstanden haben, wird man vielleicht lernen, literarisches Schaffen und geistige Wahrheit voneinander zu trennen. Heute wissen wir nur, daß die Phantasie sich wie bestimmte Tierarten in der Gefangenschaft nicht fortpflanzt. 1946 (R 96)

Die Idee der intellektuellen Freiheit ist in unserm Zeitalter einem Angriff aus zwei Richtungen ausgesetzt. Auf der einen Seite sind es die theoretischen Feinde, die Vertreter des Totalitarismus; auf der andern ihre unmittelbaren, praktischen, die Monopole und die Bürokratie. Jeder Schriftsteller oder Journalist, der sich seine geistige Integrität bewahren möchte, wird daran mehr durch den allgemeinen Trend der Gesellschaft als durch tatsächliche Verfolgung gehindert. Was sich ihm in den Weg stellt, ist die Konzentration der Presse in den Händen einiger weniger reicher Männer, die Monopolherrschaft bei Radio und Film, die geringe Neigung des Publikums, Geld für Bücher auszugeben, was fast jeden Schriftsteller zwingt, sich seinen Unterhalt durch unschöpferische Kleinarbeit zu verdienen; es ist die Bevormundung durch Behörden wie das Informationsministerium und den British Council, die dem Schriftsteller helfen, am Leben zu bleiben, gleichzeitig aber seine Zeit vergeuden und ihm ihre Ansichten aufzwingen; und schließlich die seit zehn Jahren andauernde Kriegsatmosphäre, deren zermürbender Einwirkung sich keiner hat entziehen können. Alles in unserer Zeit hat sich verschworen, aus dem Schriftsteller wie dem Künstler so etwas wie einen subalternen Beamten zu machen, der Themen behandelt, die von oben bestellt werden, wobei er nie das ausdrücken kann, was er für wahr hält. 1946 (R 78)

Ich bin Schriftsteller. Jeder Schriftsteller hat den Impuls, »sich aus der Politik herauszuhalten«. Was er will, ist, in Ruhe gelassen zu werden, damit er ungestört fortfahren kann, Bücher zu schreiben. Aber leider wird es immer offensichtlicher, daß dieses Ideal nicht durchführbarer ist als das des kleinen Ladenbesitzers, der angesichts der Bedrohung durch Warenhäuser seine Selbständigkeit zu bewahren hofft.

Erstens einmal geht die Ära der freien Meinungsäußerung zu Ende. Die Pressefreiheit in Großbritannien war schon immer so etwas wie ein Schwindel, weil letzten Endes das Geld die öffentliche Meinung beherrscht; und doch, solange das gesetzliche Recht existiert, zu sagen, was man will, gibt es immer ein Hintertürchen für einen unorthodoxen Schriftsteller. Seit einigen Jahren habe ich die kapitalistische Klasse dazu bringen können, mir mehrere Pfund pro Woche dafür zu bezahlen, daß ich Bücher gegen den Kapitalismus schreibe. Aber ich gebe mich nicht der Illusion hin, daß diese Sachlage ewig dauern wird. Wir haben gesehen, was mit der Pressefreiheit in Italien und Deutschland passiert ist, und das gleiche wird auch hier passieren. Die Zeit wird kommen – nicht nächstes Jahr, vielleicht erst in zehn oder zwanzig Jahren, aber sie wird kommen –, da jeder Schriftsteller die Wahl haben wird, entweder gänzlich zum Schweigen gebracht zu werden oder die Droge zu produzieren, die eine privilegierte Minderheit fordert. Ich muß dagegen kämpfen. 1938 (L 31)

Gewalt

Leute, die durch Geld und Kanonen vor der Wirklichkeit geschützt sind, hassen die Gewalt zu Recht und wollen nicht einsehen, daß sie Bestandteil der modernen Gesellschaft ist und daß ihre eigenen zarten Gefühle und edlen Ansichten nur das Ergebnis sind von Ungerechtigkeit, gestützt durch Macht. Sie wollen gar nicht wissen, woher ihre Einkünfte stammen. Zugrunde liegt der unbequeme Umstand, der so schwer wahrzuhaben ist, daß die Rettung des Einzelnen nicht möglich ist, daß wir gewöhnlich nicht zwischen Gut und Böse zu wählen haben, sondern zwischen zwei Übeln. Man kann die Welt von den Nazis beherrschen lassen, das ist ein Übel; oder man kann sie durch Krieg überwältigen, und das ist auch ein Übel. Eine andere Wahl steht uns nicht offen, und was immer wir entscheiden, wir werden nicht mit sauberen Händen davonkommen. 1941 (CE II, 170)

Der Unterschied, auf den es wirklich ankommt, ist nicht der zwischen Gewalt und Gewaltlosigkeit, sondern zwischen der Neigung zur Machtausübung und der Abneigung dagegen. Es gibt Leute, die von der Verwerflichkeit der Armee wie der Polizei überzeugt und dabei viel intoleranter und inquisitorischer in ihren Anschauungen sind als Normalmenschen, die glauben, daß es unter bestimmten Umständen notwendig ist, Gewalt anzuwenden. Sie werden nie zu jemandem sagen: »Tu dies und das oder du kommst ins Gefängnis«, aber sie werden sich, wenn sie können, seines Gehirns bemächtigen und ihm bis in die letzten Einzelheiten vorschreiben, wie er zu denken hat. Glaubenslehren wie Pazifismus und Anarchismus, die oberflächlich betrachtet den Verzicht auf Gewalt einzuschließen scheinen, begünstigen das Gegenteil. Tritt man nämlich einer Bewegung bei, die frei vom gewöhnlichen Schmutz der Politik zu sein scheint – einem Glauben also, von dem man für sich selbst keinerlei materielle Vorteile erwarten kann –, so ist das sicherlich ein Beweis dafür, daß man recht hat. Und je fester man davon überzeugt ist, im Recht zu sein, desto natürlicher ist der Wunsch, jeden anderen mit allen Mitteln dahin zu bringen, ebenso zu denken. 1947 (R 187)

Glauben

Theoretisch ist es immer noch möglich, ein orthodoxer Gläubiger zu sein, ohne darob intellektuell verkrüppelt zu werden; aber leicht ist es nicht, und in der Praxis weisen die Bücher von Orthodoxen dieselbe Verkrampfung und dieselben Scheuklappen auf wie die von orthodoxen Stalinisten und andern, die geistig nicht frei sind. 1942 (CE II, 241)

Dann war da auch immer wieder das dummschlaue religiöse Buch, das dem Ungläubigen nicht mehr mit Höllenqualen droht, sondern ihn als unlogischen Tölpel hinstellt, der keinen klaren Gedanken fassen kann und keine Ahnung hat, daß alles, was er vorbringt, schon früher gesagt und widerlegt worden ist. Die Taktik ist immer dieselbe. Jede Ketzerei ist schon früher einmal ausgesprochen worden (mit der Unterstellung, daß sie auch widerlegt worden sei); die Theologie kann nur von Theologen begriffen werden (mit der Unterstellung, daß man das Denken besser den Priestern überläßt).

Auf diese Weise kann man großen Spaß dran haben, »ungenaues Denken« richtigzustellen und darauf hinzuweisen, daß irgendein modernes Argument nur wiederholt, was Pelagius schon 400 v. Chr. (oder wann immer) gesagt hat, oder daß das Wort Transsubstantiation in ganz falschem Sinn gebraucht worden ist … Ein Grund für den großen Rückhalt dieser Schreiber in der Presse ist, daß ihre politischen Verankerungen unweigerlich reaktionär sind. 1944 (CE III, 264–5)

Hedonismus

Hitler hat die Falschheit der hedonistischen Lebenseinstellung erfaßt. Beinahe das gesamte westliche Denken seit dem letzten Krieg, sicherlich das ganze »progressive« Denken, beruht auf der stillschweigenden Annahme, daß der Mensch nichts weiter wünscht als Bequemlichkeit, Sicherheit und die Vermeidung von Schmerz. In einer solchen Lebensauffassung ist beispielsweise kein Platz für Patriotismus und die militärischen Tugenden.

Hitler weiß, weil er es in seiner eigenen freudlosen Seele mit außergewöhnlicher Stärke spürt, daß menschliche Wesen *nicht* nur Bequemlichkeit, Sicherheit, kurze Arbeitszeiten, Hygiene, Geburtenkontrolle und, im allgemeinen, einen gesunden Menschenverstand wollen; sie wollen, wenigstens ab und zu, auch Kampf und Aufopferung, von Trommeln, Fahnen und Treue-Paraden ganz zu schweigen.

Alle drei großen Diktatoren haben ihre Macht vergrößert, indem sie ihrem Volk unerträgliche Lasten auferlegt haben. Während der Sozialismus – und sogar der Kapitalismus, wenn auch mit etwas mehr Widerwillen – den Leuten gesagt hat: »Ich biete euch ein schönes Leben«, hat ihnen Hitler gesagt: »Ich biete euch Kampf, Gefahr und Tod«, und die Folge davon ist, daß sich eine ganze Nation ihm zu Füßen wirft. Vielleicht werden sie später genug davon haben und ihre Meinung ändern, wie sie es am Ende des letzten Krieges taten. Nach ein paar Jahren des Mordens und des Hungerns ist »Größtes Glück für die größte Anzahl« ein guter Slogan, doch in diesem Augenblick macht »Besser ein Ende mit Schrecken als ein Schrecken ohne Ende« das Rennen. Jetzt, da wir gegen den Mann kämpfen, der diesen Spruch geprägt hat, sollten wir seine emotionale Anziehungskraft nicht unterschätzen. 1940 (L 242–3)

Heiligkeit

Heilige sollte man immer für schuldig halten, solange nicht ihre Unschuld erwiesen ist, aber die Maßstäbe, die man dabei anlegen muß, sind natürlich nicht in allen Fällen die gleichen.

Zweifellos sind Alkohol, Tabak usw. Dinge, die ein Heiliger meiden sollte, aber auch Heiligkeit ist etwas, was menschliche Wesen vermeiden sollten. Dafür gibt es eine einfache Widerlegung, aber man sollte sich hüten, sie zu machen. In diesem Yogabesessenen Zeitalter ist man nur zu schnell mit der Annahme bei der Hand, daß es nicht nur besser ist, keine »Bindungen« einzugehen, statt das irdische Leben in vollem Umfang zu bejahen, sondern daß der Durchschnittsmensch ausweicht, weil sie mit zu vielen Schwierigkeiten verbunden sind. Mit anderen Worten, der Durchschnittsmensch ist ein verhinderter Heiliger.

Es ist fraglich, ob das stimmt. Viele Leute haben einfach nicht den Ehrgeiz, Heilige zu sein, und vermutlich haben einige, die Heiligkeit erlangten oder danach strebten, sich nie ernstlich versucht gefühlt, sich wie menschliche Wesen zu benehmen. Wenn man der Frage bis zu ihrem psychologischen Ursprung nachginge, würde man meiner Meinung nach entdecken, daß die Hauptursache für das Nichteingehen von Bindungen in dem Wunsch liegt, der Last des Lebens zu entrinnen, vor allem der Liebe, die, geschlechtlich oder nicht, immer ein schweres Stück Arbeit bleibt. An dieser Stelle braucht das Problem nicht näher untersucht zu werden, ob das übersinnliche oder das menschliche Ideal »höher« steht. Entscheidend ist, daß beide unvereinbar sind. Man muß sich für Gott oder den Menschen entscheiden, und alle »Radikalen« und »Progressiven«, vom sanftesten Liberalen bis zum wildesten Anarchisten, haben sich für den Menschen entschieden.

1949 (R 159–166)

Humor

Ich selber habe nichts gegen alte Witze, ich verehre sie sogar. Wenn Seekrankheit und Ehebruch einmal nicht mehr lustig sein werden, hat die abendländische Kultur ausgedient. Aber beim Plot einer Geschichte verhält es sich anders; dort dürfen wir mit Recht etwas Neues erwarten. 1936 (CE I, 161)

Wir wissen so ungefähr, was Lachen verursacht. Lustig ist etwas, wenn es – ohne gleich widerwärtig oder entsetzlich zu sein – die bestehende Ordnung umwirft. Wenn man Humor kurz illustrieren müßte, dann vielleicht als Würde, die sich auf einen Reißnagel setzt. Was immer die Würde unterminiert und die Mächtigen von ihren Sitzen holt, vorzugsweise mit einem Plumps, ist lustig. Und je größer der Fall, desto größer der Spaß. Es macht mehr Spaß, einem Bischof eine Sahnetorte ins Gesicht zu werfen als einem Pastor.

1944 (CE III, 284)

Seiner Natur nach braucht der Humor nicht umoralisch oder antisozial zu sein. Ein Witz ist höchstens eine augenblickliche Rebellion gegen die Tugend, und seine Absicht ist nicht, den Menschen zu entwürdigen, sondern ihn daran zu erinnern, daß er bereits entwürdigt ist. Bereitschaft zu äußerst obszönen Witzen kann sich mit strengen ethischen Maßstäben vertragen, wie im Fall von Shakespeare. Ein paar komische Schriftsteller, wie Dickens, haben eine unmittelbar politische Absicht, andere, wie Chaucer oder Rabelais, nehmen die Verderbtheit der Gesellschaft als unvermeidbar hin; aber kein komischer Schriftsteller von Rang hat je vorgebracht, daß die Gesellschaft *gut* sein könnte.

1944 (CE III, 286)

Neue Ideen

Die Behauptung, daß es »nichts Neues unter der Sonne gibt«, ist eines der abgedroschenen Argumente intelligenter Reaktionäre. Insbesondere katholische Apologeten verwenden es gern. Alles, was man sagen oder denken kann, ist schon einmal gesagt oder gedacht worden. Man kann von jeder politischen Theorie, vom Liberalismus bis zum Trotzkismus, nachweisen, daß sie eine Entwicklung einer Häresie aus der Zeit der frühen Kirche ist. Jedes philosophische System stammt letzten Endes von den Griechen. Jede wissenschaftliche Theorie (wenn wir der katholischen Volkspresse glauben sollen) wurde von Roger Bacon und anderen im 13. Jahrhundert vorweggenommen.

Es ist nicht sehr schwierig, zu erkennen, daß dieser Gedanke in der Angst vor dem Fortschritt wurzelt. Wenn es nichts Neues unter der Sonne gibt, wenn die Vergangenheit in der einen oder anderen Form immer wiederkehrt, dann wird die Zukunft, wenn sie kommt, etwas Vertrautes sein. Zumindest wird – da es bis jetzt nie gekommen ist – jenes gehaßte, gefürchtete Ding nie kommen – eine Welt freier und gleicher menschlicher Wesen. Besonders tröstlich für reaktionäre Denker ist die Vorstellung eines zyklischen Universums, in dem dieselbe Kette von Ereignissen sich immer wieder und wieder abspult. In einem solchen Universum bedeutet jeder scheinbare Schritt in Richtung Demokratie lediglich, daß das künftige Zeitalter der Tyrannei und des Privilegs ein wenig näher ist.

Tatsächlich *gibt* es neue Ideen. Daß eine fortgeschrittene Zivilisation nicht auf der Sklaverei beruhen muß, ist eine relativ neue Idee, zum Beispiel: Sie ist ein gutes Stück jünger als die christliche Religion. Aber selbst wenn das Diktum wahr wäre, wäre es nur insofern wahr, als in jedem Steinblock eine Statue enthalten ist. Die Ideen mögen sich zwar nicht ändern, doch der Schwerpunkt verschiebt sich ständig. Es könnte zum Beispiel behauptet werden, daß der wichtigste Teil von Marx' Theorie in dem Spruch enthalten ist: »Denn wo euer Schatz ist, da wird auch euer Herz sein.« Aber was hatte dieser Spruch für eine Macht, bevor Marx ihn weiterentwickelte? Wer hatte ihn beachtet? Wer hatte daraus abgeleitet – was er sicherlich impliziert –, daß Gesetze, Religionen und Moralkodizes ein Überbau sind, den man über bestehende Eigentumsverhältnisse errichtet hat? Es war Christus, der, dem Evangelium zufolge, diesen Bibeltext äußerte, aber es war Marx, der ihn zum Leben erweckte. Und seit er es getan hat, sind die Motive der Politiker, Priester, Richter, Moralisten und Millionäre unter tiefstem Verdacht gestanden – was natürlich der Grund dafür ist, weshalb sie ihn so sehr hassen. 1944 (L 238–9)

Ideologien

Eine Ideologie annehmen heißt immer ein Erbe an ungelösten Widersprüchen übernehmen. Man braucht zum Beispiel nur daran zu denken, daß jeder vernünftige Mensch von der Industrialisierung und ihren Produkten angewidert ist und gleichzeitig weiß, daß die Überwindung der Armut und die Befreiung der Arbeiterklasse nicht weniger, sondern immer mehr Industrialisierung erfordern. Oder die Tatsache, daß bestimmte Arbeiten absolut notwendig sind und doch nie getan werden würden, es sei denn unter einem gewissen Zwang. Oder die Notwendigkeit einer starken Militärmacht, um eine wirksame Außenpolitik treiben zu können. Daraus ergibt sich eine Schlußfolgerung, die klar auf der Hand liegt, die man aber nur ziehen kann, wenn man als Individuum von der offiziellen Ideologie abweicht. Die normale Reaktion besteht darin, die Frage unbeantwortet in den letzten Winkel des Gehirns zu schieben und die alten Schlagworte mit all ihren Widersprüchen herzubeten. 1948 (R 177)

Kreativität

Warum sollte man nicht mit seiner »kreativen Arbeit« fortfahren und die Maschinen, die sie für einen machen würden, ignorieren? Aber es ist nicht so einfach, wie es klingt. Da arbeite ich acht Stunden am Tag in einem Versicherungsbüro, in meiner freien Zeit will ich etwas »Kreatives« tun, und so beschließe ich, ein bißchen zu zimmern – um mir zum Beispiel einen Tisch zu machen. Beachten Sie, daß die ganze Angelegenheit von Anfang an einen Hauch von Künstlichkeit hat, denn die Fabriken können mir einen weitaus besseren Tisch herbringen, als ich zu machen fähig wäre. Aber selbst wenn ich mich an meinem Tisch zu schaffen mache, ist es mir nicht möglich, ihm gegenüber so zu empfinden wie der Kunsttischler vor hundert Jahren, und schon gar nicht so, wie Robinson Crusoe empfand. Denn noch ehe ich anfange, ist die meiste Arbeit bereits von Maschinen für mich gemacht worden. Die Werkzeuge, die ich benutze, erfordern ein Minimum an Kunstfertigkeit. Ich kann zum Beispiel Hobel bekommen, mit denen ich jede beliebige Form ausschneiden kann; der Kunsttischler vor hundert Jahren hätte die Arbeit mit Meißel und Gutsche machen müssen, was ein wirklich geübtes Auge und wirkliche Fingerfertigkeit erfordert. Die Bretter, die ich kaufe, sind fertig gehobelt, und die Beine sind fertig gedrechselt. Ich kann sogar zu einem Holzgeschäft gehen und alle Teile des Tisches bereits fertig kaufen, so daß ich sie nur noch zusammenfügen muß.

Aber man könnte fragen, wieso man nicht die Maschine *und* die »kreative Arbeit« beibehalten könnte. Warum nicht den Anachronismus als Freizeit-Hobby kultivieren? Viele Leute haben mit diesem Gedanken gespielt; er scheint mit wunderbarer Leichtigkeit die von der Maschine gestellten Probleme zu lösen. Der Bürger von Utopien, so heißt es, wird, wenn er von seinen täglichen zwei Stunden Hebel-Betätigen in der Tomatenkonservenfabrik heimkehrt, bewußt zu einer primitiveren Lebensweise zurückkehren und seine kreativen Instinkte mit ein bißchen Laubsägearbeit, dem Lasieren von Keramik oder dem Weben mit einem Handwebstuhl trösten. Und warum ist dieses Bild absurd – was es natürlich ist? Wegen eines Prinzips, das nicht immer erkannt wird, obwohl immer danach gehandelt wird: daß, solange die Maschine *da* ist, man sich verpflichtet fühlt, sie zu benutzen. Niemand geht Wasser vom Brunnen holen, wenn er den Wasserhahn aufdrehen kann. Ein gutes Beispiel hierfür ist das Reisen. Nehmen Sie mich zum Beispiel. Ich bin vierzig Meilen von London entfernt. Warum packe ich, wenn ich nach London will, mein Gepäck nicht auf einen Maulesel und ziehe zu Fuß los, so daß ein Zwei-Tage-Marsch daraus wird? Weil – mit den Bussen nach London, die alle zehn Minuten an mir vorbeirasen – eine solche Reise unerträglich mühsam wäre. Primitive Reisemethoden kann man nur dann genießen, wenn einem keine andere Methode zur Verfügung steht. Kein menschliches Wesen will je etwas auf eine beschwerlichere Art und Weise tun, als es nötig ist. Deshalb auch die Absurdität jener Vorstellung von den Utopisten, die ihre Seele mit Laubsägearbeit retten. In einer Welt, in der alles von Maschinen gemacht werden könnte, würde auch alles von Maschinen gemacht werden. Bewußt zu primitiven Methoden zurückzukehren, archaische Werkzeuge zu benutzen, sich selbst dumme kleine Schwierigkeiten in den Weg zu legen hieße Dilettantismus betreiben und nichtigen Tand basteln.

1937 (KL 45f.)

Krieg

Ich gebe zu, daß man (angesichts des Kriegs in Spanien) nicht objektiv sein kann. Und das Grauen, das wir über den Vorgängen spüren, hat zu dieser Folgerung geführt: Wenn jemand auf deine Mutter eine Bombe fallen läßt, dann geh hin und wirf zwei auf seine Mutter. Die einzigen sichtbaren Alternativen sind entweder, daß man Wohnhäuser zermalmt, menschliche Eingeweide herausreißt und Löcher in die Kinder brennt – oder aber daß man zu Sklaven von Leuten wird, die eher bereit sind, all dies zu tun, als man selbst. Noch niemand hat einen gangbaren Ausweg gefunden.

1938 (CE I, 296)

Ich bemerke, mit welchem Erstaunen Leser zu entdecken scheinen, daß der Krieg kein Verbrechen ist. Hitler, so scheint es, hat nichts Strafbares getan. Er hat niemand vergewaltigt, auch nicht eigenhändig Beute davongetragen, noch hat er selber Gefangene ausgepeitscht, Lebendige begraben,

Kinder in die Luft geworfen und auf dem Bajonett aufgespießt oder Nonnen mit Petrol getränkt und mit Kirchenkerzen in Brand gesetzt – all die Untaten, die man in Kriegszeiten dem Gegner gewöhnlich zutraut. Er hat lediglich einen Weltkrieg ausgelöst, der wahrscheinlich zwanzig Millionen Leben gekostet haben wird. Daran ist nichts Ungesetzliches. Wie könnte es auch, wenn Legalität eine Autorität voraussetzt und es eben keine Autorität gibt mit der Macht, über Grenzen hinaus zu wirken? 1943 (CE III, 66)

Die Wahrheit ist sehr einfach. Um zu überleben, muß man oft kämpfen, und um zu kämpfen, muß man sich schmutzig machen. Der Krieg ist ein Übel, und er ist manchmal das kleinere. Wer zum Schwert greift, wird durch das Schwert umkommen, und wer nicht zum Schwert greift, kommt durch stinkende Krankheiten um. Die Tatsache, daß man eine derartige Banalität niederschreiben muß, zeigt, was die Jahre des Rentier-Kapitalismus aus uns gemacht haben. 1942 (L 150–1)

Was mich bedrückt, ist, wie die Leute dazu gebracht werden, schon vom nächsten Krieg zu sprechen. Jedesmal wenn eine V2-Rakete losgeht, höre ich düstere Hinweise auf »das nächste Mal« und die

Überlegung: »Bis dann wird man die Dinger wohl über den Atlantik schießen können.« Wenn man fragt, wer dann wohl gegen wen kämpfen wird, kommt keine klare Antwort. Es ist einfach Krieg, abstrakt – die Vorstellung, daß sich menschliche Wesen auch einmal mit Vernunft aufführen könnten, ist offenbar im Gedächtnis vieler Leute verblichen. 1944 (L 6)

Wenn sich herausgestellt hätte, daß die Atombombe ebenso billig und leicht herzustellen wäre wie ein Fahrrad oder ein Wecker, dann hätte sie uns sehr wohl in den Barbarismus zurückversetzen können, doch hätte es andererseits das Ende der nationalen Souveränität und des hochzentralisierten Polizeistaates bedeuten können. Wenn sie, wie es der Fall zu sein scheint, ein seltener und kostspieliger Gegenstand ist, der ebenso schwierig herzustellen ist wie ein Schlachtschiff, ist es wahrscheinlicher, daß sie großangelegten Kriegen ein Ende setzen wird, doch um den Preis, auf unabsehbare Zeit einen »Frieden, der keiner ist«, zu verlängern.

1945 (L 213)

Macht

Die Wiederholung des Offensichtlichen ist zur ersten Pflicht der Intelligenten geworden. Nicht allein, daß zur Zeit die nackte Gewalt fast überall herrscht. Was unser Zeitalter von den unmittelbar vorangehenden abhebt, ist das Fehlen einer liberalen Intelligenz. Kraftprotzverehrung ist, in mannigfaltiger Verkleidung, zur allgemeinen Religion geworden, und Binsenweisheiten – wie etwa, daß ein Maschinengewehr auch dann noch ein Maschinengewehr bleibt, wenn ein »guter« Mann abdrückt – sind zu Ketzereien geworden, die nur noch unter Gefahr geäußert werden können.

Es ist durchaus denkbar, daß wir in ein Zeitalter hinabsteigen, wo zwei und zwei fünf ergeben, wenn unsere Führer es so sagen. Bertrand Russell weist nach, daß das Riesensystem organisierter Lüge, auf das sich Diktatoren stützen, ihre Anhänger von den Fakten abschneidet und sie gegenüber denen benachteiligt, die diese Fakten kennen. Das ist soweit ganz richtig, nur bedeutet es nicht, daß die

Sklavengesellschaft, auf die Diktaturen hintreiben, deswegen unbeständig sein muß. Man kann sich leicht einen Staat vorstellen, wo die regierende Kaste die Untertanen, nicht aber sich selbst täuscht. Kann jemand behaupten, daß etwas Derartiges nicht bereits schon im Entstehen ist? Man braucht nur an die unheimlichen Möglichkeiten von Rundfunk, staatlich verwalteter Erziehung und so weiter zu denken, um den Spruch »Die Wahrheit wird sich durchsetzen« als frommen Wunsch zu erkennen – und nicht als Axiom. 1939 (L 175)

Es bestehen kaum Zweifel, daß der moderne Kult der Machtanbetung eng mit dem Gefühl des modernen Menschen verknüpft ist, daß das Leben hier und jetzt das einzige Leben ist, das es gibt. Wenn der Tod allem ein Ende setzt, wird es viel schwieriger zu glauben, daß man auch dann im Recht sein kann, wenn man besiegt worden ist. Staatsmänner, Nationen, Theorien, Aktionen werden fast zwangsläufig nach ihrem materiellen Erfolg beurteilt. Angenommen, man könnte die beiden Phänomene trennen, so würde ich sagen, daß der Verfall des Glaubens an die persönliche Unsterblichkeit ebenso wichtig gewesen ist wie der Aufstieg der Maschinen-Zivilisation. 1944 (L 198)

Es ist wichtig zu sehen, daß der Kult um die Macht mit einer Liebe zu Grausamkeit und Bosheit *um ihrer selbst willen* verquickt zu sein pflegt. Ein Tyrann wird um so mehr bewundert, wenn er zufällig auch noch ein blutbeschmierter Verbrecher ist, und aus »der Zweck heiligt die Mittel« wird oft genug in Wahrheit ein »die Mittel rechtfertigen sich selbst, vorausgesetzt, sie sind schmutzig genug«. Diese Idee gehört ins Blickfeld all derer, die mit dem Totalitarismus sympathisieren. 1944 (R 67)

Menschsein

Das Wesentliche des Menschseins liegt darin, nicht Vollkommenheit anzustreben, sondern bereit zu sein, um der Treue zu einem Menschen willen auch eine Sünde zu begehen, das Asketentum nicht so weit zu treiben, daß jede freundschaftliche Verbundenheit unmöglich wird, und sich darauf gefaßt zu machen, am Ende besiegt und mit leeren Händen dazustehen, der unvermeidliche Preis dafür, seine Liebe auf andere menschliche Einzelwesen fixiert zu haben. 1949 (R 165)

Wenn einem in diesem Leben etwas gutgeschrieben wird, dann meistens für etwas, was man nicht einmal getan hat. 1935 (TB)

Wir finden, daß auch der verkehrteste Mensch noch interessanter ist als die orthodoxeste Grammophonplatte. 1945 (CE III, 313)

Mit 50 hat jeder das Gesicht, das er verdient.

1949 (L 43)

Rache

Die Vorstellung von Vergeltung und Bestrafung ist eine kindische Traumvorstellung. Strenggenommen gibt es so etwas wie Vergeltung oder Rache gar nicht. Rache ist eine Handlung, die man begehen möchte, wenn und weil man machtlos ist: sobald aber dieses Gefühl des Unvermögens beseitigt wird, schwindet auch der Wunsch nach Rache.

1945 (R 74)

Religion

Als ich Mr. Malcolm Muggeridges brillantes und deprimierendes Buch *The Thirties (Die dreißiger Jahre)* las, erinnerte ich mich an einen grausamen Scherz, den ich einst mit einer Wespe getrieben hatte. Sie leckte Marmelade von meinem Teller, und ich schnitt sie entzwei. Sie achtete gar nicht darauf, sondern fuhr einfach fort mit ihrem Mahl, während ein spärlicher Strom Marmelade aus ihrer abgetrennten Speiseröhre rann. Erst als sie dann zu fliegen versuchte, merkte sie, was mit ihr Schreckliches geschehen war. Genau so ergeht es dem modernen Menschen. Was weggeschnitten worden ist, ist seine Seele, und es gab eine Zeitspanne, von ungefähr zwanzig Jahren, da hat er es gar nicht gemerkt.

Es war unbedingt nötig, die Seele wegzuschneiden. Religiöser Glaube in der damals bekannten Form mußte abgelegt werden. Im neunzehnten Jahrhundert war er im wesentlichen schon zur Lüge geworden, einem halbbewußten Verfahren, die

Reichen noch reicher und die Armen noch ärmer zu machen. Die Armen sollten mit ihrer Armut zufrieden sein, denn alles würde ja wettgemacht werden in der Welt jenseits des Grabs – in der bildlichen Darstellung gewöhnlich ein Zwischending zwischen Kew Gardens und einem Juweliergeschäft. Zehntausend Pfund im Jahr für mich, zwei Pfund in der Woche für dich, aber wir alle sind Kinder Gottes. Und in das Gewebe der kapitalistischen Gesellschaft war eine ähnliche Lüge gewirkt, die es unbedingt herauszureißen galt.

Folgerichtig ergab sich eine lange Periode, in der jeder Denkende irgendwie Rebell war, und gewöhnlich ein recht verantwortungsloser. Die Literatur war zur Hauptsache die Literatur der Revolte und der Desintegration. Gibbon, Voltaire, Rousseau, Shelley, Byron, Dickens, Stendhal, Samuel Butler, Ibsen, Zola, Flaubert, Shaw, Joyce – auf die eine oder andere Weise waren sie alle Zerstörer, Demolierer, Saboteure. Zweihundert Jahre lang sägten wir munter am Ast herum, auf dem wir saßen. Und schließlich, viel plötzlicher, als es jemand hätte voraussagen können, wurden unsere Anstrengungen belohnt, und wir purzelten hinunter. Nur war da leider ein Fehler gemacht worden. Das Ding dort unten war gar kein Beet von Rosen, sondern eine Jauchegrube mit Stacheldraht.

So war's, als wären wir im Verlauf von zehn Jahren ins Steinzeitalter zurückgeschliddert. Spielarten der Menschheit, die jahrhundertelang ausgestorben gewesen waren, kehrten auf einmal zurück – der tanzende Derwisch, der Räuberhauptmann, der Großinquisitor –, nicht als Insassen des Irrenhauses, sondern als Beherrscher dieser Welt. Mechanisierung und kollektive Wirtschaft genügen offensichtlich doch nicht ganz. Sich selbst überlassen, führen sie bloß in den Alptraum, den wir jetzt erleiden: endloser Krieg und endlose Unterernährung zugunsten des Kriegs. Somit ist die Amputation der Seele doch nicht, wie die Entfernung des Blinddarms, eine rein chirurgische Angelegenheit. Die Wunde hat Neigung zu schwären.

Was Mr. Muggeridge vorträgt, läuft hinaus auf zwei Kernsprüche des Predigers Salomo: »Es ist alles ganz eitel, sprach der Prediger, es ist alles ganz eitel« und »Fürchte Gott und halte seine Gebote, denn das gilt für alle Menschen«. Diese Ansicht hat in jüngster Zeit auch bei Leuten wieder viel aufgeholt, die vor ein paar Jahren noch darüber gelacht hätten.

Wir leben in einem Alptraum, *gerade weil* wir uns ein irdisches Paradies einrichten wollten. Wir haben an den »Fortschritt« geglaubt, an menschliche Führung, wir haben dem Kaiser gegeben, was

Gottes ist – so ungefähr verlaufen die Gedankengänge.

Der Glaube an Gott ist am Verschwinden, und wenn man voraussetzt, daß keine Sanktionen je so wirkungsvoll sein könnten wie die überirdischen, dann ist die Folgerung klar. Es gibt keine Weisheit, außer in der Furcht Gottes; aber niemand mehr fürchtet Gott; so ist denn auch keine Weisheit. Die Menschheitsgeschichte beschränkt sich auf den Aufstieg und Untergang materieller Zivilisationen, ein Turm zu Babel löst den andern ab. In dem Fall wissen wir auch, was uns bevorsteht: Kriege und noch mehr Kriege, Revolutionen und Gegenrevolutionen, Hitlers und Super-Hitlers – und so hinunter bis in die Abgründe, die nur mit Entsetzen zu betrachten sind.

Eine kollektivistische Gesellschaft läßt sich fraglos nicht mehr abwehren. Es fragt sich einzig, ob sie auf freiwilliger Zusammenarbeit gründen soll oder auf Maschinengewehren. Das Himmelreich alten Stils hat eindeutig versagt, aber der »Marxistische Realismus« auf der andern Seite ebenfalls, was immer er materiell geleistet haben mag. So scheint keine Alternative übrigzubleiben außer der, wovor uns Mr. Muggeridge und seinesgleichen so eindrücklich warnen – das vielgeschmähte »irdische Reich«: die Vorstellung einer Gesellschaft, in der die Menschen ihre Sterblichkeit einsehen und gleichwohl gewillt sind, sich wie Brüder zu vertragen.

Bruderschaft schließt einen gemeinsamen Vater ein. Deshalb wird oft vorgebracht, daß sich ohne einen Glauben an Gott kein Gemeinschaftsgeist entwickeln lasse. Die Antwort darauf ist, daß die meisten Menschen halb bewußt bereits so etwas entwickelt haben. Der Mensch ist kein Individuum, sondern nur eine Zelle in einem fortbestehenden Körper, und davon ahnt er etwas. Es gibt sonst keine Erklärung für die Bereitschaft, auf dem Schlachtfeld umzukommen. Es ist Unsinn zu sagen, das geschähe nur aus Zwang. Wenn ganze Armeen gewaltsam in den Dienst gepreßt werden müßten, könnten Kriege nicht geführt werden. Männer sterben in Schlachten – nicht fröhlich, versteht sich, aber doch freiwillig – aufgrund von Abstraktionen wie »Ehre«, »Pflicht«, »Patriotismus« und so weiter.

Dies bedeutet lediglich, daß die Menschen etwas spüren von einem Organismus, der größer ist als sie selbst und sich in Vergangenheit und Zukunft erstreckt und innerhalb dessen sie sich unsterblich vorkommen. Menschen opfern sich zugunsten von fragmentarischen Gemeinschaften – Nation, Rasse, Religion, Klasse – und merken erst, wenn sie den Kugeln ausgesetzt werden, daß sie nicht bloße Individuen sind. Noch ein bißchen mehr Bewußtsein davon – und der Sinn für Loyalität könnte auf die Menschheit selber übertragen werden, was keine bloße Abstraktion ist.

Aldous Huxleys *Schöne neue Welt* war eine gute Karikatur einer hedonistischen Utopie, die denkbar war oder unmittelbar bevorzustehen schien, bevor Hitler auftauchte; aber sie hatte keinen Bezug auf die tatsächliche Zukunft. Worauf wir uns in diesem Augenblick zubewegen, ist eher etwas wie die spanische Inquisition und vermutlich, dank Rundfunk und Geheimpolizei, noch viel schlimmer. Es besteht sehr wenig Aussicht, ihr zu entkommen, es sei denn, wir könnten den Glauben an eine menschliche Gemeinschaft wieder einsetzen ohne Absicherung durch eine »nächste Welt«. Dies verleitet unschuldige Leute wie den Dekan von Canterbury zur Ansicht, man habe das wahre Christentum in Sowjetrußland wiederentdeckt. Sie erliegen zweifellos der Propaganda, doch was sie für Täuschung so anfällig macht, ist ihr Wissen, daß das Himmelreich irgendwie auf die Erdoberfläche gebracht werden muß. Wir müssen Kinder Gottes werden, obwohl der Liebe Gott des Gebetsbuchs nicht mehr da ist.

Gerade die Leute, die unsere Zivilisation gesprengt haben, ahnten etwas von alledem. Der berühmte Ausspruch von Marx von der Religion als

Opium des Volks wird gewöhnlich aus dem Zusammenhang gezerrt und mit einer leicht andern Bedeutung versehen, als Marx ihm gegeben hat. Marx hat nicht gesagt – wenigstens nicht an jener Stelle –, daß Religion nur eine Droge ist, die von oben verteilt wird; er sagte, daß sie etwas ist, was die Menschen selbst schaffen für ein Bedürfnis, das er als wirklich erkannte. »Die Religion ist der Seufzer der bedrängten Kreatur, das Gemüt einer herzlosen Welt, wie sie der Geist geistloser Zustände ist. Sie ist das Opium des Volks.«

Was sagt er da anders, als daß der Mensch *nicht* vom Brot allein lebt, daß Haß allein nicht genügt, daß eine lebenswerte Welt nicht auf »Realismus« und Maschinengewehre gründen kann? Wenn er vorausgesehen hätte, wie groß sein Einfluß intellektuell einmal sein würde, hätte er es vielleicht öfter und noch etwas vernehmlicher sagen sollen.

(L 331–5)

Eine Veranlagung zu Herrschaft und Egoismus wird man nicht automatisch durch religiöse Bekehrung los, im Gegenteil, es liegt auf der Hand, daß infolge der Illusion, eine Wiedergeburt erlebt zu haben, angeborene Untugenden unter Umständen nur noch üppiger gedeihen, wenn auch vielleicht in verfeinerter Form. 1947 (R 147)

Es ist zweifelhaft, ob sich das Wesen der Tragödie überhaupt mit dem Glauben an Gott verträgt. Auf jeden Fall widerspricht es dem Glauben an menschliche Würde und der Forderung, daß das Gute zu triumphieren hat. Eine tragische Situation tritt immer dann ein, wenn das Gute *nicht* triumphiert, aber doch der Eindruck entsteht, daß der Mensch edler ist als die Mächte, die ihn vernichten.

1947 (R 145)

Kürzlich las ich irgendwo von einem italienischen Raritätenhändler, der ein Kruzifix des 17. Jahrhunderts an J. P. Morgan zu verkaufen versuchte. Es war auf den ersten Blick kein besonders interessantes Kunstwerk. Aber es stellte sich heraus, daß es darum ging, daß das Kruzifix auseinandergenommen werden konnte & drinnen ein Stilett versteckt war. Welch ein vollendetes Symbol der christlichen Religion. 1949 (L 36–7)

Revolutionär

In neun von zehn Fällen ist ein Revolutionär bloß ein Aufsteiger mit einer Bombe in der Tasche.

1939 (CE I, 400)

Schriftstellerei

Alle Schriftsteller sind eitel, egozentrisch und faul, und der tiefste Grund ihres Schaffens liegt in geheimnisvollem Dunkel. Ein Buch zu schreiben ist ein grausamer, aufreibender Kampf, wie eine lange schmerzhafte Krankheit. Man würde es auch niemals tun, wenn man nicht von einem Dämon getrieben würde, der stärker ist als man selbst und einem unverständlich bleibt. Man weiß nur, daß dieser Dämon identisch ist mit dem Instinkt eines Babys, das durch Schreien die Aufmerksamkeit auf sich lenkt. Aber ebenso wahr ist, daß man nichts Lesbares schreiben kann, wenn man nicht fortgesetzt gegen seine eigene Persönlichkeit kämpft. Gute Prosa ist wie eine Fensterscheibe. Ich kann nicht mit Sicherheit sagen, welcher meiner Gründe am stärksten ist, dagegen weiß ich genau, welchem zu folgen sich lohnt. Bei einem Rückblick auf mein Werk stelle ich fest, daß meine Bücher immer dann leblos geworden sind, wenn ihnen eine *politische* Absicht fehlte und ich mich in gedrechselte

Passagen, nichtssagende Sentenzen, schmückende Beiworte und ganz allgemein in Geschwafel verlor.

1946 (W 16–17)

Wenn es so einfach wäre, mit unanständigen Wörtern Geld zu verdienen, so würden es mehr Schriftsteller tun. 1940 (W 94)

Abgesehen von der Notwendigkeit, Geld zu verdienen, glaube ich, daß es vier Hauptmotive dafür gibt, daß man schreibt, zumindest Prosa. Sie finden sich graduell verschieden bei jedem Schriftsteller und verschieden stark je nach der Atmosphäre, in der er lebt. Es sind:

1. Reiner Egoismus. Der Wunsch, überlegen zu erscheinen, jemand zu sein, über den man spricht und den man auch nach seinem Tod nicht vergißt; den Erwachsenen die Nichtachtung heimzuzahlen, die sie einen als Kind haben fühlen lassen, etc. etc. Schriftsteller teilen diesen Charakterzug mit Wissenschaftlern, Künstlern, Politikern, Rechtsanwälten, Soldaten, erfolgreichen Geschäftsleuten, kurz, mit der gesamten Obergarnitur der Menschheit. Die große Masse menschlicher Wesen ist nicht so ausgesprochen ichbezogen. Dagegen steht eine Minderheit von begabten, selbstbewußten Menschen, die entschlossen sind, ihr eigenes Leben bis

zum Ende zu leben, und zu ihnen gehören die Schriftsteller. Ernstzunehmende Schriftsteller sind meiner Meinung nach im allgemeinen eitler und egozentrischer als Journalisten, dafür weniger an Geld interessiert.

2. Ästhetischer Enthusiasmus. Sinn für die Schönheit der Umwelt oder für Worte und ihre richtige Anordnung. Freude an der Wechselwirkung von Klängen, an der Geschlossenheit guter Prosa oder dem Rhythmus einer guten Erzählung. Der Wunsch, mit andern ein Erlebnis zu teilen, das man als wertvoll empfindet und nicht in Vergessenheit geraten lassen möchte. Das ästhetische Motiv ist bei vielen Schriftstellern nur in geringem Maße vorhanden, aber selbst ein Pamphletist oder ein Verfasser von Lehrbüchern wird eine Liebe zu bestimmten Wörtern und Ausdrücken haben, die nicht zweckhaft bestimmt ist, oder ein Gefühl für die Typographie, die Breite des Buchrandes etc. etc. Von Kursbüchern abgesehen, ist kein Buch ganz frei von ästhetischen Erwägungen.

3. Sinn für Geschichte. Der Wunsch, die Dinge zu sehen, wie sie sind, den Wahrheitsgehalt von Ereignissen herauszufinden und sie für die Nachwelt aufzuzeichnen.

4. Politisches Engagement – wobei ich das Wort »politisch« im weitesten Sinne benutze. Der Wunsch,

der Welt eine bestimmte Richtung zu geben, die Anschauungen anderer über ein gesellschaftliches Ideal zu verändern. Jedenfalls ist kein Buch wirklich frei von politischen Elementen. Wenn man behauptet, Kunst sollte nichts mit Politik zu tun haben, so ist das selbst schon eine politische Haltung.

1946 (W 10–1)

So etwas wie eine rein unpolitische Literatur gibt es nicht und am wenigsten in einer Epoche wie der unsern, wo Furcht, Haß und politische Bindungen bei jedem dicht unter der Bewußtseinsgrenze liegen. Schon ein einziges Tabu kann eine frustrierende Wirkung auf den Geist ausüben, weil immer die Gefahr besteht, daß ein frei zu Ende gedachter Gedanke zu dem tabuisierten führen könnte.

1946 (R 86–7)

Politisches Schrifttum in unserer Zeit besteht fast gänzlich aus vorfabrizierten Phrasen, die nur zusammengesetzt zu werden brauchen wie die Teile eines mechanischen Kinderspielzeugs. Das ist das unvermeidliche Ergebnis einer Eigen-Zensur. Um in einer klaren, kraftvollen Sprache zu schreiben, muß man furchtlos denken können, und um furchtlos zu denken, kann man kein Konformist sein. In einer »Epoche des Glaubens« mag es anders sein, wo die herrschende Lehre bereits so lange besteht, daß sie nicht mehr allzu ernst genommen wird. Unter solchen Umständen kann es möglich sein, daß große Teile des eigenen Denkens unberührt von dem bleiben, was man vorschriftsmäßig zu glauben hatte. 1946 (R 89)

Ein moderner literarischer Intellektueller lebt und arbeitet in einem Zustand ständiger Angst, nicht so sehr im Hinblick auf die öffentliche Meinung im weiteren Sinne als auf die herrschende Meinung innerhalb seiner eigenen Gruppe. Zum Glück gibt es immer mehr als nur eine Gruppe, aber außerdem gibt es jederzeit eine herrschende Doktrin, die zu verletzen man nicht nur ein dickes Fell haben muß; es kann auch eine Halbierung des Einkommens auf Jahre hinaus bedeuten. 1948 (R 173)

Was die Politiker anscheinend nicht verstehen, ist, daß man nicht eine kraftvolle Literatur hervorbringen kann, indem man jedermann durch Terror zur Anpassung zwingt. Die schöpferischen Fähigkeiten werden nicht spielen, wenn der Schriftsteller nicht sagen darf, was er fühlt. Man kann Spontaneität zerstören und eine Literatur schaffen, die zwar orthodox, aber schwach ist, oder man kann die Leute sagen lassen, was sie wollen, und riskieren, daß einige von ihnen Häresien äußern. Es gibt keinen Ausweg aus dem Dilemma, solange Bücher von Individuen geschrieben werden.

Darum tun mir die Verfolger in gewisser Weise mehr leid als die Opfer. Es ist wahrscheinlich, daß die Literatursäuberer zumindest die Genugtuung haben, zu verstehen, was ihnen widerfährt: die Politiker, die sie quälen, versuchen lediglich das Unmögliche. Es wäre vernünftig zu sagen: »Die Sowjetunion kann ohne Literatur auskommen.« Aber das ist genau das, was sie nicht sagen können. Sie wissen nicht, was Literatur ist, aber sie wissen, daß sie wichtig ist, daß sie Prestige-Wert hat und daß sie aus Gründen der Propaganda notwendig ist, und sie würden sich gern für sie einsetzen, wenn sie nur wüßten, wie. So fahren sie denn mit ihren Säuberungsaktionen und Direktiven fort, wie ein Fisch, der immer wieder mit seiner Nase gegen die Wand eines Aquariums schlägt, zu dämlich, um einzusehen, daß Glas und Wasser nicht dasselbe sind.

1947 (L 194)

Sozialismus

Sämtliche Linksparteien in den hochentwickelten Industrieländern beruhen im Grunde auf einem Schwindel, weil ihre Tätigkeit darin besteht, gegen etwas zu kämpfen, das sie in Wahrheit gar nicht zerstören wollen. Ihre Ziele sind international, und gleichzeitig treten sie für die Aufrechterhaltung eines Lebensstandards ein, der mit diesen Zielen unvereinbar ist.

Wir alle leben von der Ausplünderung asiatischer Kulis, wobei diejenigen, die »aufgeklärt« sind, die Befreiung aller Kulis fordern. Unser Lebensstandard jedoch und damit auch unsere »Aufgeklärtheit« hängen von einer fortgesetzten Ausplünderung ab. Human Gesinnte sind immer Heuchler.

1942 (W 149)

Linke Regierungen sind für ihre Anhänger fast immer enttäuschend, weil, selbst wenn der versprochene Wohlstand verwirklicht werden kann, immer noch eine unerfreuliche Übergangszeit überwunden werden muß, von der vorher nie oder kaum die Rede war. 1948 (R 176)

Wir erleben gegenwärtig, wie unsere Regierung bei dem verzweifelten Bemühen, die wirtschaftlichen Engpässe zu überwinden, gegen ihre eigene frühere Propaganda ankämpft.

Jeder Mensch, der auch nur ein bißchen Verstand oder Anstand besitzt, wird zuinnerst wissen, daß er auf der sozialistischen Seite sein sollte. Aber er wird nicht unbedingt aus freien Stücken dorthin gelangen; es gibt zu viele uralte Vorurteile, die ihm im Weg stehen. Er wird überzeugt werden müssen, und zwar durch Methoden, die ein Verständnis seines Standpunktes beinhalten. Die Sozialisten können es sich nicht leisten, noch mehr Zeit damit zu verlieren, zu den bereits Bekehrten zu predigen. Ihre Aufgabe ist es jetzt, so schnell wie möglich Sozialisten zu machen; statt dessen machen sie nur allzu oft Faschisten.

Sie haben es nie klar genug gemacht: das eigentliche Ziel des Sozialismus ist: Gerechtigkeit und Freiheit. Ihre Augen auf die wirtschaftlichen Fakten geheftet, sind sie davon ausgegangen, daß der Mensch keine Seele hat, und explizit oder implizit haben sie das Ziel einer materialistischen Utopie errichtet. Die Folge davon war, daß der Faschismus jeden Instinkt, der sich gegen den Hedonismus und eine billige Auffassung vom »Fortschritt« sträubt, für sich nutzen konnte. Er konnte sich als der Hüter der europäischen Tradition ausgeben und an den christlichen Glauben, den Patriotismus und an die militärischen Tugenden appellieren. Der Faschismus ist heute eine internationale Bewegung, was nicht nur bedeutet, daß die faschistischen Nationen sich für Raubzwecke verbünden können, sondern auch, daß sie, bisher vielleicht nur halbbewußt, nach einem Weltsystem greifen. Die Vision vom totalitären Staat wird durch die Vision von der totalitären Welt ersetzt. Es ist üblich, von dem faschistischen Ziel als dem »Bienenstaat« zu reden, womit man den Bienen schwer unrecht tut. Eine Welt von Kaninchen, die von Wieseln regiert werden, würde eher zutreffen. Es ist diese abscheuliche Möglichkeit, gegen die wir uns verbünden müssen.

Das einzige, *wofür* wir uns zusammenschließen können, ist das dem Sozialismus zugrundeliegende Ideal: Gerechtigkeit und Freiheit.

1937 (KL 52–54)

Sport

Ich bin immer wieder verblüfft, wenn ich Leute sagen höre, daß der Sport Wohlwollen zwischen den Nationen schaffe und daß das einfache Volk der verschiedenen Länder, wenn es sich nur beim Fußball oder Kricket treffen könnte, keine Neigung hätte, sich auf dem Schlachtfeld zu begegnen. Selbst wenn man nicht von konkreten Beispielen (wie der Olympischen Spiele 1936) wüßte, daß internationale Sportwettkämpfe zu Haßorgien führen, könnte man es aus allgemeinen Prinzipien ableiten.

Fast jeder Sport, der heutzutage betrieben wird, beruht auf Wettbewerb. Man spielt, um zu gewinnen, und das Spiel hat wenig Bedeutung, sofern man nicht sein Äußerstes tut, um zu gewinnen, aber sobald die Frage des Prestiges auftaucht, sobald man das Gefühl hat, daß bei einer Niederlage man selbst und irgendeine größere Einheit in Ungnade fällt, werden die wildesten Kampfinstinkte geweckt.

Auf internationaler Ebene ist der Sport, offen

gesagt, ein Kriegsspiel. Aber das Wesentliche ist nicht das Verhalten der Spieler, sondern die Haltung der Zuschauer; und, hinter den Zuschauern, der Nationen, die sich wegen dieser absurden Wettkämpfe in Wutanfälle hineinsteigern und im Ernst glauben – zumindest für kurze Zeitabschnitte –, daß Wettlaufen, Springen und Balltreten Kriterien der nationalen Tugend sind.

Es sind die äußerst kampflustigen Sportarten, der Fußball und das Boxen, die sich am weitesten verbreitet haben. Es können kaum Zweifel bestehen, daß die ganze Sache eng mit dem Auftauchen des Nationalismus verknüpft ist – das heißt mit der irren modernen Gewohnheit, sich mit großen Machteinheiten zu identifizieren und alles in Form von wetteiferndem Prestige zu sehen. Auch gedeihen organisierte Spiele eher in Stadtgemeinden, wo der Durchschnittsmensch eine sitzende oder zumindest eingeschränkte Lebensweise hat und nicht viel Gelegenheit zu kreativer Arbeit erhält.

In einer Großstadt muß man zu Gruppenaktivitäten greifen, wenn man ein Ventil für seine Körperkraft oder seine sadistischen Impulse haben will. Kampfspiele werden in London und New York ernst genommen, und sie wurden in Rom und Byzanz ernst genommen: im Mittelalter wurden sie gespielt, wahrscheinlich mit viel körperlicher Brutalität, doch waren sie weder in die Politik verwickelt noch eine Ursache für Gruppenhaß.

Wenn man die ungeheure Fülle an Feindseligkeit, die es gegenwärtig auf der Welt gibt, erweitern wollte, könnte man dies kaum besser tun als durch eine Reihe von Fußballspielen zwischen Juden und Arabern, Deutschen und Tschechen, Indern und Briten, Russen und Polen, Italienern und Jugoslawen, wobei jedes Spiel von einem gemischten Publikum von 100 000 Zuschauern verfolgt werden sollte. Natürlich will ich damit nicht sagen, daß Sport einer der Hauptgründe für den internationalen Wettstreit ist; der Massensport ist meiner Ansicht nach selbst bloß eine weitere Folge der Ursachen, die den Nationalismus erzeugt haben. Und dennoch macht man die Dinge schlimmer, wenn man eine Mannschaft von elf Leuten, die als Landesmeister bezeichnet werden, aussendet, um gegen irgendein rivalisierendes Team zu kämpfen, und allgemein das Gefühl zuläßt, daß die Nation, die besiegt wird, ihr »Gesicht verliert«. 1945 (L 252–5)

Technisierung

Die Feindseligkeit der empfindsamen Person der Maschine gegenüber ist insofern unrealistisch, als es ganz offensichtlich ist, daß die Maschine nicht mehr wegzudenken ist. Aber es gibt viel, was für sie als Geisteshaltung spricht. Die Maschine muß einfach akzeptiert werden, aber so wie man ein Medikament akzeptiert – das heißt mit Widerwillen und Mißtrauen. Wie ein Medikament ist auch die Maschine nützlich, gefährlich und Sucht erzeugend. Je öfter man ihr nachgibt, desto fester wird ihr Griff. Sie brauchen sich nur in diesem Moment umzusehen, um zu realisieren, mit welch drohender Geschwindigkeit die Maschine uns in ihre Gewalt bekommt. Als erstes ist da die furchtbare Verdorbenheit des Geschmacks, die bereits durch ein Jahrhundert der Technisierung vollzogen worden ist. Dies ist fast zu offenkundig und zu allgemein bekannt, als daß man besonders darauf hinweisen müßte. Aber nehmen Sie als einzelnes Beispiel den Geschmack in seinem engsten Sinne – den Geschmack für anständiges Essen. In den hochtechnisierten Ländern ist der Gaumen, dank Büchsennahrung, Kaltlagerung, künstlichen Aromastoffen usw., fast ein totes Organ. Wie Sie an jedem Obst- und Gemüseladen sehen können, versteht die Mehrheit unter einem Apfel ein Stück stark gefärbter Watte aus Amerika oder Australien; sie verschlingen diese Dinger, scheinbar mit Genuß, und lassen die einheimischen Äpfel unter den Bäumen verfaulen. Es ist das glänzende, stereotype Fabrik-Aussehen des amerikanischen Apfels, das ihnen gefällt; der bessere Geschmack des eigenen Apfels ist etwas, das sie einfach nicht bemerken. Oder schauen Sie sich den in Fabriken hergestellten, in Folien verpackten Käse und die Butter in einem beliebigen Lebensmittelgeschäft an; schauen Sie sich die scheußlichen Reihen von Konserven an, die mehr und mehr Platz in den Lebensmittelläden, ja sogar in Molkereien, für sich beanspruchen; schauen Sie sich eine billige Biskuitroulade oder ein Eis für zwei Pence an; schauen Sie sich das schmutzige chemische Abfallprodukt an, das sich die Leute unter dem Namen Bier die Kehle hinunterschütten. Wo immer man auch hinschaut, überall sieht man irgendeinen schicken maschinell hergestellten Artikel über den altmodischen Artikel, der immer noch nach was anderem als Sägemehl schmeckt, triumphieren. Und was für ein Lebensmittel gilt, gilt auch für Möbel, Häuser, Kleider, Bücher, Vergnügungen und alles andere, aus dem unsere Umgebung besteht. Es gibt heute Millionen von Leuten, und ihre Zahl nimmt jedes Jahr zu, für die das Plärren eines Radios nicht nur ein willkommenerer, sondern auch ein *normalerer* Hintergrund für ihre Gedanken ist als das Brüllen von Rindern oder das Singen der Vögel. Die Technisierung der Welt könnte nie sehr weit fortschreiten, solange der Geschmack, ja nur die Geschmacksknospen der Zunge, unverdorben blieben, weil die Produkte der Maschine in dem Fall einfach unerwünscht wären. In einer gesunden Welt bestünde kein Bedarf an Konserven, Aspirin-Tabletten, Grammophonen, Gasrohrstühlen, Maschinengewehren, Tageszeitungen, Telefonen, Autos usw., usw.; dagegen bestünde ein ständiger Bedarf an Dingen, die die Maschine nicht herstellen kann. Aber inzwischen ist die Maschine da, und ihr verderblicher Einfluß ist beinahe unwiderstehlich. Man schimpft über sie, aber man benutzt sie trotzdem weiter. Sogar jeder Eingeborene wird, wenn man ihm die Möglichkeit dazu gibt, die Laster der Zivilisation innerhalb weniger Monate erlernen. Die Technisierung führt zum Verfall des Geschmacks, der Verfall des Geschmacks führt zum Verlangen nach maschinell hergestellten Artikeln und somit zu mehr Technisierung, und auf diese Weise wird ein Teufelskreis hergestellt. 1937 (KL 48f.)

Geben Sie einem westlichen Menschen eine Arbeit, und er beginnt sofort, eine Maschine zu entwerfen, die sie für ihn macht; geben Sie ihm eine Maschine, und er denkt sich Möglichkeiten aus, wie sie verbessert werden kann. Ich verstehe diese Neigung recht gut, da ich in einer untauglichen Art und Weise selbst einen solchen Geist habe. Ich habe weder die Geduld noch die technische Fertigkeit, um irgendeine Maschine zu entwerfen, die funktionieren würde, aber ich sehe ständig gleichsam die Schatten möglicher Maschinen, die mir die Mühe ersparen könnten, mein Gehirn oder meine Muskeln zu benutzen. Ein Mensch mit einer ausgeprägteren technischen Begabung würde wahrscheinlich einige von ihnen bauen und in Betrieb setzen. Aber unter unserem bestehenden Wirtschaftssystem hängt die Tatsache, ob er sie baut – oder vielmehr, ob irgend jemand anders in ihren Genuß kommt – davon ab, ob sie kommerziell gewinnbringend ist.

Dieser Ausblick ist ein bißchen düster, weil es selbst heute offensichtlich ist, daß der Prozeß der Technisierung außer Kontrolle geraten ist. Er findet einzig deshalb statt, weil er für die Menschheit zur Gewohnheit geworden ist. Schickt einen Pazifisten in eine Bombenfabrik arbeiten, und in zwei Monaten entwirft er euch eine neue Art von Bombe. Weil wir in einem technischen und wissenschaftlichen Zeitalter leben, sind wir von der Vorstellung angesteckt worden, daß, was immer sonst geschehen mag, der »Fortschritt« weitergehen muß und Wissen nie unterdrückt werden darf. Verbal wären wir zweifellos damit einverstanden, daß die Maschine für den Menschen geschaffen wird und nicht der Mensch für die Maschine; in Wirklichkeit erscheint uns jeder Versuch, die Entwicklung der Maschine aufzuhalten, als Angriff auf das Wissen und daher als eine Art Blasphemie. Und sogar wenn die ganze Menschheit sich plötzlich gegen die Maschine auflehnte und beschließen würde, in eine einfachere Lebensweise zu flüchten, wäre die Flucht immer noch unendlich schwierig. Es würde nicht genügen, so wie in Butlers *Erewhon* jede Maschine zu zertrümmern, die nach einem bestimmten Datum erfunden wurde; wir müßten auch die geistige Veranlagung zertrümmern, die, fast unwillkürlich, neue Maschinen entwerfen würde, sobald die alten zertrümmert wären. Und in uns allen steckt zumindest eine Spur von dieser Veranlagung. In jedem Land der Erde marschiert das große Heer von Wissenschaftlern und Technikern, mit dem Rest von uns keuchend an ihren Fersen, die Straße des »Fortschritts« mit der blinden Beharrlichkeit einer Ameisenkolonne entlang. Vergleichsweise wenig Menschen wollen, daß er stattfindet, viele Menschen wollen aktiv, daß er *nicht* stattfindet, und dennoch findet er statt; der Prozeß der Technisierung ist selbst zur Maschine geworden, zu einem riesigen glänzenden Fahrzeug, das uns irgendwohin schleudert, wohin, wissen wir selbst nicht genau. 1937 (KL 50f.)

Totalitarismus

Vom Totalitarismus kann man weniger ein Zeitalter des Glaubens als ein Zeitalter der Schizophrenie erwarten. Eine Gesellschaft wird immer dann totalitär, wenn ihre Struktur offenkundig künstlich wird, das heißt, wenn die herrschende Klasse ihre eigentliche Funktion verliert und sich nur noch durch Gewalt oder Betrug an die Macht klammert. Eine solche Gesellschaft, gleichgültig, wie lange sie besteht, kann sich nicht leisten, tolerant oder geistig stabil zu sein. Sie kann weder die wahrheitsgemäße Aufzeichnung von Tatsachen zulassen noch die Aufrichtigkeit der Gefühle, welche eine Voraussetzung der Literatur ist. Um vom Totalitarismus korrumpiert zu werden, braucht man nicht in einem totalitären Lande zu leben. Die bloße Vorherrschaft bestimmter Ideen verbreitet eine Art von Gifthauch.

Totalitarismus benötigt eine unausgesetzte Abänderung der Vergangenheit und führt auf die Dauer zur Skepsis an einer objektiven Wahrheit.

Freunde des Totalitarismus in diesem Lande benutzen gern das Argument, daß absolute Wahrheit doch unerreichbar und eine große Lüge daher nicht ärger sei als eine kleine. Weiter heißt es, daß alle Geschichtsschreibung unklar und ungenau sei, und die moderne Physik habe bewiesen, daß, was uns als reale Welt erscheine, eine Illusion und also das Vertrauen auf unsere sinnlichen Wahrnehmungen nichts als gewöhnliches Philistertum sei. Eine totalitäre Gesellschaft, die sich lange Zeit behaupten könnte, würde vermutlich in geistiger Schizophrenie enden, bei der die Gesetze des gesunden Menschenverstandes im praktischen Leben und in bestimmten exakten Wissenschaften ihre Gültigkeit behalten, vom Politiker, Historiker, Soziologen aber mißachtet werden dürften. Heute schon gibt es viele Leute, die die Verfälschung eines wissenschaftlichen Werkes für einen Skandal halten würden, in der Verfälschung einer historischen Tatsache dagegen nichts Böses sehen.

1946 (R 84–9)

Unsterblichkeit

Ich stoße sehr selten auf jemand, der – gleichgültig von welchem Hintergrund – einen Glauben an seine persönliche Unsterblichkeit bekennt. Dennoch halte ich es für durchaus wahrscheinlich, daß mancher die Möglichkeit eingestehen würde, daß nach dem Tod noch »irgend etwas« sein könnte. Was übersehen wird, ist, wie wenig nachhaltig dieser Glaube heute ist, verglichen mit dem unserer Vorväter.

In den letzten Tagen und Monaten bin ich nie jemand begegnet, von dem ich den Eindruck hatte, er glaube an eine nächste Welt etwa so wie an das Vorhandensein von Australien. Glaube an ein Jenseits hat kaum noch Einfluß auf das Verhalten, wie es doch eigentlich sein müßte, wenn der Glaube echt wäre. Angesichts eines unendlichen Weiterlebens nach dem Tod müßte sich unser irdisches Leben doch sehr unwichtig ausnehmen. Die meisten Christen geben einen Glauben an die Hölle vor. Aber haben Sie schon einmal einen Christen getroffen, dem die Hölle soviel Angst macht wie der Krebs? 1944 (CE III, 2)

Eine Folge des Niedergangs religiösen Glaubens ist die schludrige Idealisierung des Körperlichen. In gewissem Sinn ist dies ja natürlich. Denn wenn es kein Leben gibt jenseits des Grabs, dann wird man auch schwerer damit fertig, daß Vorgänge wie Geburt, Kopulation usw. in gewisser Hinsicht unappetitlich sind. In den christlichen Jahrhunderten wurde eine pessimistische Anschauung vorausgesetzt. »Der Mensch, vom Weibe geboren, lebt kurze Zeit und ist voll Elend«, sagt das Gebetbuch im Ton einer Selbstverständlichkeit. Aber es ist etwas ganz anderes, dieses Elend einzugestehen, wenn man annimmt, daß mit dem Grab wirklich alles zu Ende ist. Da ist es leichter, sich mit einer optimistischen Lüge zu trösten. 1935 (CE I, 155)

Wenn man mit einem nachdenklichen Christen spricht, ob katholisch oder anglikanisch, sieht man sich oft ausgelacht, weil man so naiv ist, anzunehmen, daß irgend jemand die Doktrinen der Kirche tatsächlich einmal wörtlich aufgefaßt hat. Diese Doktrinen, so wird einem gesagt, haben eine ganz andere Bedeutung, die zu verstehen man zu simpel ist. Unsterblichkeit der Seele »bedeutet« nicht, daß du, John Smith, bewußt bleibst, wenn du tot bist. Auferstehung des Leibes bedeutet nicht, daß John Smiths Leib tatsächlich wieder zum Leben erweckt wird – und so weiter und so fort. Somit ist der katholische Intellektuelle imstande, für umstrittene Zwecke eine Art Knobelspiel zu spielen und die Artikel des Glaubensbekenntnisses in genau denselben Worten wie seine Vorfahren zu wiederholen, während er sich gleichzeitig gegen den Vorwurf des Aberglaubens mit der Erklärung verteidigt, daß er in Gleichnissen spricht. Im wesentlichen besteht seine Behauptung darin, daß, obwohl er selbst nicht in irgendeiner sehr bestimmten Weise an das Leben nach dem Tod glaubt, kein Wandel im christlichen Glauben stattgefunden hat, da unsere Vorfahren im Grunde auch nicht daran geglaubt haben.

Ich will nicht, daß der Glaube an das Leben nach dem Tod wiederkehrt, und auf jeden Fall ist das auch nicht sehr wahrscheinlich. Was ich jedoch klarmachen möchte, ist, daß sein Verschwinden ein großes Loch hinterlassen hat und daß wir dies zur Kenntnis nehmen sollten. Tausende von Jahren mit der Vorstellung erzogen, daß der Einzelne weiterlebt, muß der Mensch eine erhebliche psychische Anstrengung unternehmen, um sich an die Vorstellung zu gewöhnen, daß der Einzelne zugrunde geht. Er wird die Zivilisation kaum retten können, wenn er nicht ein System von Gut und Böse entwickeln kann, das von Himmel und Hölle unabhängig ist.

Der Marxismus liefert tatsächlich ein solches System, doch ist es nie richtig popularisiert worden. Die meisten Sozialisten begnügen sich mit dem Hinweis, daß wir, sobald der Sozialismus errichtet worden ist, materiell glücklicher sein werden, in der Annahme, daß alle Probleme verschwinden, wenn man einen vollen Bauch hat. Aber genau das Gegenteil trifft zu: Wenn man einen leeren Bauch hat, ist das einzige Problem der leere Bauch. Erst wenn wir uns von Plackerei und Ausbeutung losgemacht haben, fangen wir wirklich an, uns über das Schicksal des Menschen und den Grund seiner Existenz Gedanken zu machen. Man kann nicht ein lohnendes Bild von der Zukunft haben, solange man nicht einsieht, wieviel wir durch den Verfall des Christentums verloren haben. Wenige Sozialisten scheinen sich dessen bewußt zu sein. Und die katholischen Intellektuellen, die sich starr an den Buchstaben der Glaubensbekenntnisse halten und gleichzeitig Bedeutungen in sie hineinlesen, die ihnen nie zugedacht worden waren, und die über jeden kichern, der naiv genug ist anzunehmen, daß die Kirchenväter meinten, was sie sagten, wenden einfach Verschleierungstaktiken an, um ihren eigenen Unglauben vor sich selbst zu verbergen.

1944 (L 196–9)

Die Veränderbarkeit der menschlichen Natur

Ein Argument, auf das man gefaßt sein sollte, da es sowohl von christlichen Apologeten als auch von Neopessimisten ständig vorgebracht wird, ist die angebliche Unveränderbarkeit der »menschlichen Natur«. Die Sozialisten werden – meiner Ansicht nach zu Unrecht – der Annahme bezichtigt, daß der Mensch vervollkommnungsfähig ist, und dann wird die Geschichte der Menschheit als eine in Wirklichkeit lange Geschichte der Habgier, des Raubes und der Unterdrückung dargelegt. Der Mensch, so heißt es, wird immer versuchen, seinen Mitmenschen zu übervorteilen, er wird immer soviel Vermögen wie möglich für sich und seine Familie erraffen. Der Mensch ist von Natur aus sündhaft und kann nicht durch Gesetzerlasse tugendhaft gemacht werden. Somit ist die klassenlose Gesellschaft, obwohl die wirtschaftliche Ausbeutung bis zu einem gewissen Grad bekämpft werden kann, für immer ausgeschlossen.

Die richtige Antwort hierauf, scheint mir, ist, daß dieses Argument der Steinzeit angehört. Es setzt voraus, daß materielle Güter immer hoffnungslos knapp sein werden. Der Machthunger der Menschen stellt in der Tat ein ernstes Problem dar, aber es besteht kein Grund, zu glauben, daß die Gier nach mehr Reichtum ein permanentes menschliches Merkmal ist. Wir sind wirtschaftlich egoistisch, weil wir alle in Schrecken vor der Armut leben. Aber wenn eine Ware nicht knapp ist, versucht niemand, sich mehr anzueignen, als ihm zusteht. Niemand versucht zum Beispiel, die Luft aufzukaufen. Der Millionär wie auch der Bettler begnügen sich mit genau so viel Luft, wie sie einatmen können. Dasselbe mit Wasser. In diesem Land sind wir nicht von Wassermangel geplagt. Die Folge davon ist, daß das Wasser kaum in unser Bewußtsein dringt. Aber was für Eifersüchteleien, was für Haßgefühle, was für entsetzliche Verbrechen doch der Mangel an Wasser in verdorrten Ländern wie Nordafrika verursachen kann! Dasselbe gilt auch für jede andere Art von Gütern. Wenn man es so einrichten könnte, daß es sie im Überfluß gäbe, was man sehr leicht tun könnte, besteht kein Grund zur Annahme, daß die angeblichen habgierigen Instinkte der Menschen nicht in ein paar Generationen wegerzogen werden könnten. Und wenn sich schließlich die menschliche Natur nie ändert, wie kommt es dann, daß wir nicht nur keinen Kannibalismus mehr betreiben, sondern es nicht einmal wollen? 1944 (L 236–7)

Wahrheit

Jeder, der einmal zur Verteidigung unpopulärer Ziele geschrieben hat oder Zeuge von Ereignissen gewesen ist, die zu Meinungsverschiedenheiten führen können, kennt die furchtbare Versuchung, Tatsachen zu entstellen oder zu unterschlagen, nur weil eine ehrliche Aussage Enthüllungen enthielte, die von skrupellosen Gegnern verwendet werden könnten.

Es gibt immer ausgezeichnete, edle Gründe, die Wahrheit zu verbergen, und diese Gründe werden von Verfechtern der verschiedensten Sachen fast in denselben Worten vorgebracht. Immer wenn A und B im Gegensatz zueinander stehen, wird derjenige, der A angreift oder kritisiert, beschuldigt, B zu helfen und zu unterstützen. Und oft stimmt es, objektiv und kurzfristig gesehen, daß er die Dinge für B tatsächlich einfacher macht. Darum, sagen die Anhänger von A, haltet den Mund und kritisiert nicht: oder, wenn ihr schon kritisieren müßt, dann wenigstens auf »konstruktive Weise«, was in der Praxis immer gleichbedeutend ist mit günstig. Und von da ist es nur ein kleiner Schritt zur Folgerung, daß die Unterdrückung und Entstellung bekannter Tatsachen die höchste Pflicht eines Journalisten ist.

Wenn man nun die Welt in A und B einteilt und annimmt, daß A den Fortschritt und B die Reaktion verkörpert, ist der Standpunkt gerade noch vertretbar, daß keine Tatsache, die A schadet, je enthüllt werden sollte. Aber bevor man diese Forderung stellt, sollte man sich ausmalen, wohin sie führt.

Das ganze Argument, daß man nicht offen sprechen darf, weil man damit dieser oder jener unheilvollen einflußreichen Persönlichkeit »in die Hände spielt«, ist insofern unehrlich, als die Leute es nur verwenden, wenn es ihnen paßt.

Hinter diesem Argument liegt immer die Absicht, Propaganda für irgendeine einzelne Interessengruppe zu betreiben und Kritiker so weit einzuschüchtern, daß sie schweigen, indem man ihnen sagt, daß sie »objektiv gesehen« reaktionär sind. Es ist ein verlockendes Manöver, und ich habe es selbst mehr als einmal benutzt, aber es ist unehrlich. Ich glaube, man ist weniger dazu geneigt, wenn man sich daran erinnert, daß die Vorteile einer Lüge immer kurzlebig sind. Wie oft erscheint es einem eine ausdrückliche Pflicht, die Fakten zu verheimlichen oder zu färben! Und trotzdem kann ein echter Fortschritt nur durch vermehrte Aufklärung stattfinden, was soviel bedeutet wie die fortwährende Zerstörung von Mythen.

Das Dumme ist, daß die Reaktion der Leute, wenn man sie belügt, dann um so heftiger ist, wenn die Wahrheit durchsickert, was sie letzten Endes meistens tut. 1945 (L 187–91)

Wissenschaftler

Die Forderung nach mehr wissenschaftlicher Ausbildung unterstellt, daß, wenn man wissenschaftlich geschult worden ist, man *alle* Themen intelligenter angeht. Die politische Meinung eines Wissenschaftlers, so wird angenommen, seine Meinungen über soziologische Probleme, über Moral, über Philosophie, vielleicht sogar über die schönen Künste sind immer wertvoller als die eines Laien. Mit anderen Worten: das Leben hier auf Erden wäre besser, wenn die Wissenschaftler es in die Hand nähmen.

Aber stimmt es wirklich, daß ein Wissenschaftler, in diesem engeren Sinne, mit größerer Wahrscheinlichkeit als andere Leute nichtwissenschaftliche Probleme auf eine objektive Weise angeht? Es gibt wenig Grund, dies zu glauben. Machen Sie eine einfache Probe – die Fähigkeit, sich dem Nationalismus zu widersetzen. In der Praxis stellen sich die Wissenschaftler aller Länder mit weniger Skrupeln hinter ihre eigene Regierung als die Schriftsteller und Künstler. Die deutsche wissenschaftliche Gemeinschaft bot Hitler als Ganzes keinen Widerstand. Hitler mag zwar vielleicht die langfristigen Aussichten der deutschen Wissenschaft verdorben haben, doch gab es immer noch eine Menge begabter Menschen, um über Dinge wie künstliches Öl, Düsenflugzeuge, Raketengeschosse und die Atombombe die nötigen Forschungen anzustellen. Ohne sie hätte der deutsche Kriegsapparat nie errichtet werden können.

Was, hingegen, geschah mit der deutschen Literatur, als die Nazis an die Macht kamen? Soviel ich weiß, sind keine vollständigen Listen veröffentlicht worden, doch vermute ich, daß die Zahl der deutschen Wissenschaftler – Juden ausgenommen –, die freiwillig in die Verbannung gingen oder vom Regime verfolgt wurden, viel kleiner war als die Zahl der Schriftsteller und Journalisten. Ja, was noch übler ist, eine Reihe deutscher Wissenschaftler schluckte die Monstrosität der »rassischen Wissenschaft«.

Es ist klar, daß wissenschaftliche Ausbildung das Einpflanzen einer rationalen, skeptischen, auf Erfahrung gegründeten Geisteshaltung bedeuten sollte. Sie sollte bedeuten, eine *Methode* zu erlernen – eine Methode, die auf jedes Problem, dem man begegnet, angewandt werden kann – und nicht bloß eine Menge Fakten anzuhäufen. Wenn man es so ausdrückt, wird der Verteidiger der wissenschaftlichen Erziehung gewöhnlich zustimmen. Dringt man jedoch weiter in ihn und bittet ihn, dies zu spezifizieren, so stellt sich irgendwie immer heraus, daß wissenschaftliche Schulung gleichbedeutend ist mit einer größeren Beachtung der exakten Wissenschaften, mit anderen Worten – mehr *Fakten*. Der Gedanke, daß die Wissenschaft eine Weltanschauung bedeutet, und nicht bloß ein Wissensgebäude, stößt in der Praxis auf starken Widerstand.

Wenn die Wissenschaft lediglich eine Methode oder eine Haltung ist, so daß jeder, dessen Gedankengänge genügend rational sind, in irgendeinem Sinne als Wissenschaftler bezeichnet werden kann – was wird dann aus dem ungeheuren Ansehen, das der Chemiker, der Physiker usw. heute genießen, und aus seinem Anspruch, irgendwie weiser zu sein als der Rest von uns? 1945 (L 205–8)

Zivilisation

Ich bin ein degenerierter moderner Halbintellektueller, der sterben würde, wenn er nicht jeden Morgen seine Tasse Tee und jeden Freitag seinen *New Statesman* bekäme. Offensichtlich »will« ich in einem gewissen Sinne gar nicht zu einer einfacheren, härteren, wahrscheinlich landwirtschaftlichen Lebensweise zurückkehren. Im gleichen Sinne »will« ich auch nicht meinen Alkoholkonsum einschränken, meine Schulden zahlen, mir genug Bewegung machen, meiner Frau treu sein usw., usw. Aber in einem anderen und mehr permanenten Sinne will ich diese Dinge doch, und vielleicht will ich in demselben Sinne eine Zivilisation, in der der »Fortschritt« nicht so definiert werden kann, daß er die Welt für kleine dicke Menschen sicher macht.

1937 (KL 52)

Zukunft

Das moderne mechanisierte Leben wird sehr öde, wenn man es zuläßt. Die Knechtschaft des Geldes erfaßt jeden von uns, und es gibt nur drei offenkundige Auswege. Einer ist die Religion, ein anderer unaufhörliche Arbeit, ein dritter ist eine Art liederlicher Gesetzlosigkeit – daß man bis vier Uhr im Bett liegt und Pernod trinkt. Der dritte ist zweifellos der schlimmmste, doch ist jedenfalls das Grundübel, daß wir uns überhaupt in Auswege flüchten. Wir haben uns daran festzuhalten – wie an einen Rettungsring –, daß es eben möglich ist, ein normaler anständiger Mensch zu sein und doch wirklich lebendig zu bleiben. 1936 (CE I, 226)

Seit ungefähr 1930 hat die Welt keinen Grund für irgendwelchen Optimismus geliefert. Nichts ist in Sicht außer einem Durcheinander von Lügen, Haß, Grausamkeit und Torheit, und hinter unseren gegenwärtigen Übeln drohen noch größere, die erst allmählich in das europäische Bewußtsein eindringen. Es ist durchaus möglich, daß die wichtigsten Probleme der Menschheit überhaupt nie gelöst werden. Aber dies ist auch undenkbar. Wer getraut sich schon, sich in der Welt von heute umzusehen und zu sagen: »So wird's halt immer sein: selbst in einer Million Jahre wird es nicht wesentlich besser werden.«? So kommt man zum fast mystischen Glauben, daß es für die Gegenwart kein Rezept gibt, daß alles politische Handeln nutzlos ist, aber daß doch irgendwo irgendwann in Zeit und Raum das Leben nicht mehr so elend und brutal sein wird wie eben jetzt. 1949 (CE III, 243)

Die Schwäche aller linken Parteien ist ihre Unfähigkeit, etwas Wahres über die unmittelbare Zukunft zu sagen. Wenn man in der Opposition ist und sich Gefolgschaft für ein neues wirtschaftliches oder politisches Programm gewinnen will, muß man die Unzufriedenheit der Leute schüren, und das geschieht fast unweigerlich, indem man ihnen sagt, es werde ihnen bessergehen, wenn das neue Programm einmal in Kraft gesetzt ist. Was man ihnen wahrscheinlich nicht sagt, ist, daß sie vermutlich die Verbesserungen nicht sogleich spüren werden, sondern erst nach sagen wir zwanzig Jahren.

1945 (CE III, 396)

Nachweis

Die in Klammern angegebenen Abkürzungen hinter den Zitaten beziehen sich auf folgende Ausgaben:

CE *The Collected Essays, Journalism and Letters of George Orwell,* edited by Sonia Orwell and Ian Angus, Martin Secker & Warburg Ltd, London 1968

Volume I: *An Age Like This* (1920–1940)
Volume II: *My Country Right or Left* (1940–1943)
Volume III: *As I Please* (1943–1945)
Volume IV: *In Front of Your Nose* (1945–1950)
Die Beiträge wurden eigens für diesen Band übersetzt.

KL *Kreativität und Lebensqualität.* Aus dem Englischen von Tina Richter. In *Tintenfaß,* 1. Heft, Diogenes, Zürich

L *Das George Orwell Lesebuch,* hrsg. von Fritz Senn. Aus dem Englischen von Tina Richter. Diogenes, Zürich (detebe 20788)

R *Rache ist sauer.* Ausgewählte Essays II. Aus dem Englischen von Felix Gasbarra. Diogenes, Zürich (detebe 20250)

TB *Tage in Burma.* Roman. Aus dem Englischen von Susanna Rademacher. Diogenes, Zürich (detebe 20308)

W *Im Innern des Wals.* Ausgewählte Essays I. Aus dem Englischen von Felix Gasbarra. Diogenes, Zürich (detebe 20213)